Annemarie Nikolaus: Reduzidos ao silêncio

AF346253

ANNEMARIE NIKOLAUS

REDUZIDOS AO SILÊNCIO

"Nina, olha, aquelas são as cores da bandeira italiana. Os pilotos de lá são os melhores." Manni ajudou sua irmã mais nova a ajoelhar-se sobre o peitoril. "Quando crescer, também vou ser italiano!"

Da janela do arranha-céu, eles olhavam livremente para a base da força aérea onde ocorria o show aéreo.

"E colorem o céu!" Nina bateu as mãos com entusiasmo. "Ah, que bonito. – Mamãe, olha só!"

Laura foi até seus filhos, que seguiam as manobras dos pilotos acrobáticos com os olhos brilhando. "Esse é o esquadrão da *Frecce Tricolori*."

Um avião deixou a formação, subiu em espiral, virou e voou em direção aos outros em um largo looping. De repente, o céu explodiu em uma bola de fogo que ofuscava o sol.

"Saiam daí!" Laura puxou Nina do peitoril.

Então o piloto solo colidiu com um caça que vinha em sua direção; pedaços de metal voavam pelos ares. Os vidros tiniam.

Laura empurrou as crianças para o chão. Nina deu um grito.

Nos instantes seguintes ambas máquinas pegaram fogo. Fumegantes e em chamas, destroços despencavam do céu.

"Não chore, querida." Mecanicamente, ela limpou as lágrimas de Nina com a manga do seu pulôver.

As janelas estavam intactas; lentamente, Laura se levantou e perscrutou sobre o peitoril. Uma fumaça densa e preta subia do lado de fora.

Ela correu para o telefone. "Laura Schreiner aqui. Michael, um piloto acrobático acabou de explodir no ar. Desocupe uma página: em uma hora estarei na redação."

As crianças estavam sentadas no tapete; Manni soluçava intensamente e abraçava sua irmã.

Laura hesitou por um momento, mas ela não tinha escolha. "Cuide da Nina, ok? Não saiam de casa! Mamãe precisa ir trabalhar um pouco."

Nina começou a chorar. "Estou com medo."

Laura ajoelhou-se ao seu lado. "Vou chamar a senhora Breiner. E o papai vai chegar logo." – 'Assim espero' – pensou ela, enquanto pegava seu equipamento fotográfico e descia as escadas apressadamente: 'Quem sabe o que está acontecendo lá fora.'

***

Uma fumaça ardente soprava contra Laura. Logo ela teria que deixar o carro para trás. Fedia a queimado e ela teve um ataque de tosse. Passando por prédios em chamas, entre carros de bombeiros e ambulâncias, ela alcançou o aeródromo. Soldados já o tinham bloqueado amplamente. Ela colocou sua identificação de imprensa em volta do pescoço.

"*Stop, Ma'am.*" Um policial militar a deteve.

Laura apontou para a identificação. "*Newspaper.*"

O policial militar balançou a cabeça. "*No media, Ma'am. Military area.*"

De uma arquibancada destruída, erguia-se a traseira de um avião. Do lado oposto, estavam no chão muitos feridos. A fumaça fazia os olhos de Laura lacrimejarem. "*I'm a journalist!*"

"*No media*" – insistiu o soldado.

Ela viu de canto de olho que os policiais militares paravam uma ambulância. Por causa disso, ela decidiu ceder e foi até a ambulância.

Antes de Laura alcançá-la, o médico e os paramédicos desceram do carro, mas os soldados não os deixaram passar. O médico protestava aos gritos, sacudindo sua mala de primeiros socorros e tentando passar a força. Em vão; eles o detiveram.

Laura, incrédula, observou tudo por um momento; então olhou novamente para os feridos no campo de aviação: apenas cem metros de distância e os soldados não deixavam o médico ir até lá. Ela deu alguns passos para trás e começou a fotografar.

Pouco tempo depois, ela estava sentada em sua escrivaninha na redação, martelando as teclas da máquina de escrever. "PM impede socorro."

***

O marido de Laura só chegou em casa na manhã seguinte. "Não pudemos ajudar mais tantas pessoas. Fiquei até agora na sala de cirurgia."

Apesar do desgaste, Wilfred lembrou de trazer os jornais do quiosque. Laura olhou fixamente para o "seu" jornal. "Catástrofe!", estava escrito, em caixa alta, na primeira página. "Três pilotos acrobáticos italianos caem." Logo abaixo, fotos que ela havia tirado no bairro destruído. No entanto, nenhuma de suas fotos do campo de aviação; nenhuma palavra sobre as obstruções de socorro pela polícia militar.

Por duas vezes, ela folheou avidamente todas as páginas do jornal; então ligou de casa para o redator. "Michael, o que vocês fizeram com o meu artigo? Por que vocês só publicaram relatos das agências?"

Michael limpou a garganta, mas não disse nada.

"O que está acontecendo? Qual é o jogo aqui?"

Michael finalmente respondeu: "Recebemos uma visita ontem à noite. Como todos os jornais da região. Pediu-se... é... confidencialidade."

"Confidencialidade?" Laura vociferou. "O que há de confidencial em um acontecimento em que houve dezenas de mortes?"

Michael continuou a se esquivar. "Quis-se, provavelmente, evitar que houvesse especulações sobre a causa da queda."

"Quem é esse 'se'? Vocês receberam uma visita de quem ontem?"

"Ambos vestiam uniformes. Serviço secreto. Eles levaram seu artigo imediatamente." Ele suspirou de maneira audível.

"Olha!" Uma onda quente subiu dentro de Laura. Ela encarou o auscultador com olhos semicerrados antes de responder. "Isso é muito interessante! Então é melhor eu escrever outro."

"Laura! O que você tem em mente?"

"Vou ajudá-los a evitar especulações. Uma vez aprendido, nunca esquecido."

Enquanto Wilfred e as crianças tomavam o café da manhã, Laura estava sentada em frente a sua xícara cheia de café e desenhava aviões em seu guardanapo de papel.

"Por que eles caíram?" – ela murmurou. "Eu vi como um explodiu. Mas foi realmente só um ou eles colidiram antes?" Ela fechou os olhos para reconstruir a imagem, embora não tenha conseguido. "Por que outro motivo eles teriam explodido?"

"Essas exibições aéreas são, por si, um problema." Wilfried pressionou os lábios e foi pegar o pão. "Mais cedo ou mais tarde aconteceria algo do tipo."

Laura balançou a cabeça. "Tem alguma outra coisa por trás disso."

Manni levantou os olhos de seu pão com marmelada. "Então por que eles caíram, papai?"

"Talvez algo tenha parado de funcionar. Ou eles estavam cansados. Apenas um acidente. Assim como com motoristas de carro, só que muito pior."

"Mas você sempre fala que só motoristas de final de semana causam acidentes. Os italianos não são pilotos de final de semana!"

"Ninguém sabe o porquê ainda" – Laura interveio. "Mas eu vou descobrir."

***

Laura dirigiu até o hotel em que o esquadrão italiano estava hospedado.

Um homem vestido desleixadamente discutia em voz alta com a secretária do hotel na recepção. Ele estava bastante pálido; usava um crepe em sua jaqueta jeans. Volta e meia surgiam trechos de frases em italiano em seu inglês; obviamente, ele estava com dificuldades em fazer-se entender.

Laura caminhou até o quiosque perto da recepção. Enquanto passava, ela ouviu que a secretária falava de um dos pilotos mortos. Mas, enquanto folheava revistas, ela não entendeu nada da conversa; estava longe demais.

Por fim, a secretária saiu da recepção e voltou logo depois com um cozinheiro. Os dois homens começaram uma conversa longa em italiano, cujo resultado o cozinheiro traduziu em voz baixa.

Laura foi até o bar e pediu um vinho tinto. Ela se sentou no canto, de modo que o cozinheiro precisasse passar por ela quando voltasse para a cozinha. Quando ele se aproximou, ela deslizou com ímpeto do banco do bar com a taça na mão. Ela esbarrou nele e o vinho caiu em seu próprio tailleur.

Laura praguejou.

O cozinheiro a encarou por um momento. *"Scusi, Signora.* Por favor, venha comigo até a cozinha; cuidarei dessa mancha."

Ela se esforçou para parecer claramente irritada. Então sorriu. "Obrigada. Vamos tentar" – ela suspirou alto. "Justo vinho tinto."

"Com sal mancha sai; a senhora vai ver."

Na cozinha, ela se sentou em um banco dobrável. O cozinheiro remexeu dentro de um armário e retirou de lá um pano de prato limpo.

"A propósito, me chamo Laura Schreiner" – ela disse, enquanto ele se agachava em sua frente. Já que ele não se apresentou também, ela continuou: "Por um acaso, vi como o senhor foi ajudar um compatriota como tradutor."

O cozinheiro colocou o pano de prato sobre os joelhos. "Na verdade, a secretária também fala italiano, mas no momento..." Ele levantou os olhos, depois colocou sal na mancha com uma colher.

Laura estava ansiosa em como ele reagiria às suas próximas palavras. "O desastre de ontem abalou muito todo mundo."

Ele concordou. "Por que isso tinha que acontecer logo conosco?!"

"Sim, por que?" – repetiu Laura. "Meu filho pequeno diz que os pilotos acrobáticos italianos são melhores do que todos os outros. Ela sorriu maternalmente orgulhosa. "Ele entende bem disso, sabe, mesmo sendo tão pequeno."

"Crianças são sábias; muito mais sábias que os pais." Um sorriso cobriu seu rosto redondo. "Eu também tenho um filho pequeno. Ele tem quatro anos."

"O meu já tem nove. Mas a sua irmã tem quatro. Ela está no jardim de infância católico; talvez ela conheça seu filho?"

O cozinheiro esfregou o pano de prato sobre a mancha com sal. "Com certeza. Aliás, me chamo Tarcisio.

Laura considerou isso como um sinal de que tinha ganhado sua confiança e voltou aos pilotos. "O hóspede na recepção estava com um crepe. Ele é um parente dos pilotos que caíram?"

Tarcisio assentiu enquanto limpava o sal da saia dela. "*Si-si*; e ele está furioso porque negaram a herança a ele. Os pilotos teriam sido reduzidos ao silêncio, ele disse."

"A máfia se atreve a atacar a aeronáutica? Então é assim? Não acredito nisso" – afirmou Laura.

"Não a máfia; a máfia é peixe pequeno perto deles."

Ela deixou passar um instante antes de fazer a pergunta seguinte. "Mas então quem foi?"

O cozinheiro se levantou e pôs o saleiro ao lado do fogão. Ele semicerrou os olhos quando a olhou novamente. "Por que a senhora está perguntando tudo isso afinal?"

Laura hesitou. Provavelmente por tempo demais, pois o cozinheiro franzia a testa.

"Isso não interessa a todos nós?"

"Por quê, *Signora*?" O cozinheiro chegou um passo mais perto e olhou o rosto dela atentamente.

"O senhor me deixou curiosa" – ela se esquivou mais uma vez e sorriu.

"Está mentindo, *Signora*. O que a senhora faz aqui no hotel, afinal?"

Ela apontou a saia. "O senhor bem viu; queria tomar um vinho."

Tarcisio resmungou algo ininteligível e enfiou as mãos nos bolsos do avental. "Então faça isso agora; eu terminei. O resto sairá na tinturaria.

Laura se levantou. "Trarei a conta para o senhor hoje à tarde."

O barman lhe serviu uma nova taça de vinho sobre o balcão com um simpático "por conta da casa". Ela bebeu e refletiu sobre o que deveria fazer a seguir.

Então surgiram dois homens: o mais velho, em um uniforme que ela não conseguira identificar. O outro vestia o macacão azul brilhante que ela conhecia da coleção de fotos de Manni. Laura observou-o melhor e descobriu, sobre a insígnia de oficial no lado esquerdo do peito, o símbolo da *Frecce Tricolori*. Então ela também viu na manga do outro homem a bandeira italiana.

Logo em seguida, a secretária do hotel passou por ela, indo em direção à cozinha, e voltou com o cozinheiro. Enquanto Tarcisio conversava com os dois homens, ele olhava várias vezes para Laura. De repente, ela teve certeza de que eles falavam dela.

Enquanto refletia o que o que deveria fazer agora, ela percebeu que o homem de macacão volta e meia olhava para ela. Laura sorriu para ele. Quando ele respondeu seu olhar com sobrancelhas arqueadas, ela levantou e foi até eles. "Posso ajudá-los?"

"O que a senhora está procurando aqui? Material para um artigo?" – perguntou o homem uniformizado em alemão fluente.

Laura titubeou perplexa.

"Não se esquece facilmente de ti, *Signora*. Eu a vi ontem brigando com os policiais militares.

"Isso foi ontem." Laura olhou o mais jovem nos olhos.

"O senhor me encarou, não o contrário." Ela se virou e se afastou. Quando ela trouxesse a conta da tinturaria para o cozinheiro à tarde, perguntaria pelo hóspede furioso que tinha visto na recepção.

***

Ela dirigiu para a casa, trocou de roupa e levou a saia para a tinturaria. Então ela buscou as crianças na escola e no jardim de infância.

"Acho que sua filha tem um admirador" – disse a educadora. "O pai do Luigi veio perguntar qual era o seu endereço."

"Quem é esse, o pai do Luigi?"

A educadora deu de ombros. "É a primeira vez que ele veio buscar o menino. Normalmente é a vó que vem."

"Dá para aprender pizza com o pai do Luigi" – Nina se intrometeu. "E espaguete, claro."

Laura não conseguiu acreditar que isso fosse coincidência: tinha que ser o Tarcisio. "Você conversou com o pai do Luigi?" – ela perguntou para a filha. "Vocês combinaram algo?"

Nina balançou a cabeça e olhou para Manni de soslaio. "Meninos são bobos."

Enquanto ia para casa com os filhos, ela se perguntou por que motivo o cozinheiro do hotel tinha buscado o filho justo hoje.

Ela deixou as crianças no apartamento e tocou a campainha da vizinha: "Senhora Breiner, eu preciso sair de novo por uma meia hora. O Wilfried deve chegar daqui a pouco, mas a senhora poderia fazer companhia para Nina e Manni enquanto isso?"

Estaria Laura enganada ou Tarciso ficara realmente pálido

quando ela parou diante da cozinha do hotel, dez minutos mais tarde? "Deixei o senhor curioso com relação a minha filha? A educadora disse que você nunca tinha ido buscar seu filho antes."

"A *nonna* está doente" – respondeu ele rispidamente. "O que quer, *Signora?*"

"Vim trazer a conta da tinturaria."

Sem dizer uma palavra, ele a recebeu e, com lábios colados, remexeu o bolso da calça procurando o dinheiro. Ele obviamente não tinha a intenção de falar com ela.

Na recepção, ela perguntou sobre o civil italiano irritado, mas ele não estava lá. E a secretária tinha terminado seu turno. Laura se incomodou. Ela deveria ter falado logo com ele, em vez de se deixar afugentar pelos dois soldados.

Uma ambulância e dois carros da polícia a assustaram com suas sirenes, no caminho de casa, afastando-a de seus pensamentos. Laura freou na confluência de sua rua para deixá-los passar. Mas eles viraram e pararam em frente à sua casa.

Laura se assustou e acelerou. Ela parou no meio da pista, atrás do segundo carro de polícia e abaixou o quebra sol com a placa da imprensa. Quando ela correu em direção à casa, um policial se colocou no caminho.

Ela se esforçou para ser amigável. "Me deixe passar; eu moro aqui."

"A senhora poderia se identificar?"

'Já passamos por isso ontem' – pensou ela e se espremeu passando por ele. Antes que ele conseguisse detê-la, ela subiu as escadas correndo. Vozes vieram de cima e então um bombeiro veio ao seu encontro.

"O que está acontecendo aqui?" – sua garganta ficou apertada.

Dois paramédicos o seguiram com uma maca; atrás deles, um terceiro paramédico, com um frasco de infusão. Ela olhou o rosto da senhora Breiner coberto de escoriações. A blusa dela estava manchada de sangue.

Laura engoliu em seco; ela subia três degraus de uma vez, continuando a correr.

Dois policiais estavam em frente ao seu apartamento, ao lado da porta aberta. Wilfred estava apoiado na parede do corredor.

Laura deu um passo em direção a ele. "Onde estão as crianças?" De repente, sua voz era apenas um grasnado.

"Levaram!" Os olhos de Wilfried se embaçaram e ele a puxou para si.

"Sequestraram seus filhos" – disse uma voz rouca de mulher.

Laura se virou. Do quarto saiu uma jovem comissária que ela conhecia de uma entrevista.

Wilfried segurou-a bem forte. "Quando cheguei em casa, encontrei a senhora Breiner."

"E isso aqui." A policial estendeu um pedaço de papel na direção de Laura. "A senhora poderia nos dizer o que isso significa?"

Laura pegou a folha com mãos trêmulas. "Tire suas mãos desse caso, se quiser rever seus filhos."

"Amor, o que eles querem dizer?" Wilfried a soltou e segurou seu rosto.

"O que aconteceu com a senhora Breiner?"

"Tenho receio de que ..." Ele mordeu os lábios e encarou-a de maneira avaliadora. "No que você está metida?"

"O bilhete é parecido com os de um filme barato de máfia, mas temos que levar isso a sério" – disse a policial.

Laura recordou-se das palavras do cozinheiro: a máfia

não. Ela balançou a cabeça. Deveria contar o que ela supunha? "O que devemos fazer?" – perguntou em vez disso.

A policial deu de ombros. "Se a senhora não nos der nenhuma pista, só podemos ficar esperando."

Depois que os peritos acabaram de recolher as pistas, eles os deixaram sozinhos.

"Tenho certeza de que você sabe o que isso significa." Os olhos de Wilfried estavam pequenos de raiva e Laura se perguntou por um instante a quem ela se destinava.

Ela contou para ele sobre o cozinheiro do hotel e sobre a conversa com os dois oficiais italianos.

"A máfia, de verdade?" A voz de Wilfried soava sarcástica. "Eles vão querer mais do que o seu nariz fora disso."

Ela murmurou espontaneamente. "A máfia é peixe pequeno perto deles, disse o Tarcisio hoje cedo."

Durante minutos, eles ficaram sentados, em silêncio, sob o crepúsculo que irrompia o céu.

Por fim, Laura se levantou e acendeu a luz. "Vou até o hotel. O cozinheiro sabe de algo." Ela cerrou os dentes, rangendo-os.

"Eu vou com você." Wilfried ajeitou o colarinho da camisa e olhou para ela suplicante.

"E se eles ligarem?"

Ele abaixou a cabeça. Ela estava com pena de Wilfried, mas também não suportava ficar ali sentada esperando. O cozinheiro certamente não falaria nada, mas ela podia pelo menos se convencer de que fazia algo útil.

"Estava esperando, *Signora*" – Tarcisio gritou em sua direção assim que ela espiou a cozinha pela porta de vaivém a entrada de suprimentos.

O cozinheiro olhou as duas ajudantes de cozinha, pôs a grande mezzaluna ao lado de um ramo de salsinha e foi até ela. Ele olhou suas mãos – elas tremiam –, limpou-as no avental e enfiou a mão direita no bolso da calça enquanto levava Laura de volta para fora com a esquerda.

"Sabíamos que a senhora viria" – ele sussurrou.

"Quem?" – perguntou Laura tão baixo quanto. "Diga-me."

Tarcisio puxou um envelope e esticou na direção dela. "Eu não sei. Eu não sei de nada."

"Claro que não." – Laura ficou furiosa e rosnou para ele. "Só nosso endereço. O senhor o deu para quem?"

Ele agarrou sua mão e pôs a carta dentro dela. "Fique quieta." Então ele recuou, mas se virou uma última vez. "A senhora pode imaginar quem."

Ela olhou fixamente para a direção em que ele foi até a porta parar de balançar. "Algo assim." – ela sussurrou.

Assim que desdobrou a carta sob a luz do poste mais próximo, ela se arrepiou. "Depois de amanhã a senhora terá seus filhos de volta, caso leiamos a causa CORRETA do acidente."

Um calafrio subiu-lhe às pernas. "E qual é?" – perguntou ela, em voz alta, na noite.

Ela olhou para o relógio; na verdade, era decididamente muito tarde para perguntar por um hóspede de hotel. Mas amanhã talvez não houvesse ninguém mais lá.

***

Dez minutos depois, Laura estava sentada com o italiano em um *biergarten* a duas ruas do hotel. O inglês dele era miserável e o italiano dela consistia em um punhado de frases soltas.

17

Porém, ele tinha trazido consigo um bloco de anotações e sabia desenhar bem. Primeiro ele desenhou a *Frecce Tricolori*: nove aviões em formação e um que voou de encontro a eles; além disso, escreveu "Marco". Ela entendeu que esse era o piloto-solo.

No próximo desenho, o solista colidiu com uma aeronave da formação, mas ele riscou o desenho imediatamente. *"Impossibile"* – disse ele. Até o ponto em que ela o compreendeu, ele nunca teria ficado no curso de colisão; teriam-no assassinado.

Laura tentou relembrar: A colisão no ar aconteceu antes ou depois da explosão?

"Por quê?" – ela perguntou.

Ele desenhou a bota da Itália, Sicília e, ao norte desta, uma fileira de pontinhos; em cima de um ele escreveu "Ustica". Próximo a isso, um grande avião que mergulhava seu nariz no mar e ao lado do avião, escreveu "DC 9 – 1980".

Laura sabia que uma ilha nessa área se chamava Ustica. "O avião caiu?" – ela se certificou. Ela não conseguia se lembrar se já tinha lido algo a respeito. Houve muitos acidentes.

Ele balançou a cabeça, desenhou um grande navio, de onde aviões decolavam, e um que atirava na aeronave em queda.

"Não acredito" – Laura deixou escapar em alemão.

Ele não teria conseguido entendê-la. No entanto, aparentemente interpretara sua entonação ou sua expressão facial da maneira corretapois balançou a cabeça novamente. Então ele desenhou mais um pequeno avião, ao lado do qual ele escreveu o nome de um dos pilotos. E também o nome de um segundo piloto da *Frecce* morto. Então, ambos teriam estado lá e visto tudo.

Laura roía a unha do polegar e refletiu por um tempo.

"Se queriam eliminar testemunhas, por que só agora? Por que só depois de oito anos?"

Ele não a entendeu. Ela escreveu "1998" e, atrás dele, um ponto de interrogação no esboço com os pilotos acrobáticos. Então ela apontou para o ano ao lado de "Ustica".

Ele respirou fundo e recomeçou, em inglês. Então ele balançou a cabeça e mudou para italiano. Ele falava bem devagar: "Uma hora marcada; semana que vem, no juiz. Eles queriam contar."

"E por isso eles foram assassinados agora?" Laura semicerrou os olhos. Ela não conseguia acreditar direito na história dele; mas Nina e Manni tinham sido sequestrados. Tinha que ter algo de verdadeiro nisso. "Quem são eles? A CIA ou italianos?"

Ele bebeu seu copo até o fim e se levantou. "Eles são perigosos. Por que a senhora está perguntando tudo isso?"

"Eles sequestraram meus filhos."

Por um instante ele a olhou mortificado; então, pôs as mãos em seus ombros. "*Signora*, os pilotos estão mortos. E outras testemunhas também. Faça o que eles querem."

Ele se virou e foi embora.

***

Wilfried escancarou a porta assim que ela colocou a chave na fechadura. "Meu Deus, onde você esteve tanto tempo? Você não podia me ligar?" Seu rosto estava pálido e seus olhos brilhavam de tão úmidos. "A senhora Breiner está morta." Ele a pegou pelo braço e puxou-a para dentro do apartamento.

Ela se sentia miserável. E também culpada, pois não tinha pensado que ele deveria estar preocupado. "Tentei desco-

19

brir quem sequestrou nossos filhos." Laura despencou na sapateira e esfregou os olhos, que ardiam.

"E?"

"Realmente não sei. Porém sei o que está por trás disso." – Ela se sentia morta de cansaço. "É um complô." Exausta, ela se apoiou nele. "E agora serei parte dele."

Seus ombros tensionaram sob as mãos dela e ele prendeu a respiração.

Laura fechou os olhos antes de continuar a falar. "Terei que espalhar as mentiras deles para que tenhamos nossos filhos de volta."

Wilfried tinha posto seus braços sobre os ombros dela, quando Laura, naquela manhã, estava sentada diante de sua máquina de escrever, e leu o que ela estava datilografando. "Queda causada por erro de piloto..."

Ele enxugava, com uma mão, as lágrimas dela: "Você sempre poderá escrever um outro artigo."

Laura tirou a folha da máquina com um puxão. "Eles nos achariam sempre."

FIM

Se você gostou desse mini-thriller, recomende para outras pessoas. Recomendações e críticas ajudam outras pessoas a descobrirem livros que valem a pena ler.

Sobre a autora

Annemarie Nikolaus, nascida no estado alemão de Hessen, viveu por vinte anos no norte da Itália. Mudou-se, junto com sua filha, em 2010, para Auvérnia, na França.

Após estudar Psicologia, Publicidade, Política e História, Annemarie Nikolaus trabalhou, entre outras funções, como psicoterapeuta, consultora política, jornalista, editora e tradutora.

Annemarie Nikolaus deu início a sua escrita literária no começo de 2001.

Em 2005, publicou seu primeiro romance, "Das Feuerpferd", em parceria com outras duas autoras. Atualmente, ela publica suas obras de maneira independente de editoras.

Blog **em português**: https://bit.ly/2RGfOZS

Esteja à vontade para entrar em contato:

Twitter : http://twitter.com/AnneNikolaus

****

Publicações:

Em português:

Prescrito. Contos policiais históricos. ISBN da edição de bolso 9782902412785

Contos encantados. Histórias curtas não só para crianças. ISBN da edição de bolso 9782902412792

Dessa para melhor. Histórias curtas. ISBN da edição de bolso 9782902412921

Reduzidos ao silêncio. Um suspense curto.. ISBN da edição de bolso 9782902412938

Aquitânia: o fim de uma guerra. Série *À beira do caminho...* ISBN da edição de bolso 9782493398277

Títulos originais em alemão:

Romances e Contos

Históricos

Königliche Republik. Romance histórico. ISBN da edição de bolso 9782902412471.

Verjährt. Contos policiais históricos. ISBN da edição de bolso 9782902412549

Fantásticos

Die Piratin. Série *"Drachenwelt"*. Romance de fantasia. ISBN da edição de bolso 9782902412495

Das Feuerpferd. Romance de fantasia, em parceria com Monique Lhoir e Sabine Abel. ISBN da edição de bolso 9782902412501.

Magische Geschichten. Histórias curtas não só para crianças. ISBN da edição de bolso 9782902412488

Renntag in Kruschar. Antologia de fantasia. Série *"Drachenwelt"*. Apenas em E-Book.

Leuchtende Hoffnung. Um romance de ficção científica em forma de calendário do Advento. Romance de ficção científica ilustrado. ISBN da edição de bolso 9782902412563

Romances policiais

Bitterer Wein. Série *»Médoc«*. Whodunit. ISBN da edição de bolso 9782493398017

Haus zu verkaufen. Drama em familia. ISBN da edição de bolso 9782902412983

Ustica. Um suspense curto. ISBN da edição de bolso 9782902412556.

Tot. Histórias curtas. ISBN da edição de bolso 9782902412587.

Verjährt. (veja acima)

Novelas de dança

Die Enkelin. Romance da série *"Quick, quick, slow —*

Tanzclub Lietzensee" da edição Schreibwerk. ISBN da edição de bolso 9782493398093.

Flirt mit einem Star. Romance da série "Quick, quick, slow – Tanzclub Lietzensee" da edição Schreibwerk. ISBN da edição de bolso 9782493398109

Zurück aufs Parkett. Romance sobre casamento da série *"Quick, quick, slow – Tanzclub Lietzensee"* da edição Schreibwerk. ISBN da edição de bolso 9782493398116

Livros de não ficção

Curiosidades pelo caminho

Aquitanien: Das Ende eines Krieges. Série *"Am Rande des Weges ..."* ISBN da edição de bolso 9782902412570

A série de reflexões sobre Literatura e Livros

Suche Reisebegleitung. *Fliegende Blätter.* ISBN da edição de bolso 9781499608427.

Junge Welten. *Fliegende Blätter.* ISBN da edição de bolso 9781500971991